지은이 강홍림은 1964년 제주에서 태어나 성균관대학교를 졸업하고, 20여 년간 광고작업을 했다. 《부부의 꿈》, 《불로초를 찾아서》 등의 소설과 《노는 것이 공부》, 《제주섬 사랑이야기》, 《병영일기》 등 문화콘텐츠를 기획했다. 2018년부터 '1인 1꿈 갖기' 캠페인을 주도하고 있으며, DMZ(dream zone) 관련 문화콘텐츠 개발을 진행하고 있다.

초판 1쇄 발행일 2021년 2월 15일
지 은 이 강홍림 (글 · 사진)
편집출판 아름기획
디 자 인 디자인에그
캘 리 한천 양상철
발 행 인 사단법인 사람과사람들
        63208 제주시 중앙로 217 608호 대표전화(064)747-7114 팩스(0303)0303-3890

ISBN 979-11-968698-4-7

값 25,000원

아버지의 바다

아버지의 바다 —— 3

답사안내 —— 60

태풍서귀 —— 61

오랜만에 맛보는 꿀잠을 뒤로하고 먹는 둥 마는 둥 길을 나선다. 생각 정리 핑계의 홀로여행! 제주에서 가장 아름답다는 해안을 걷기 위해 정방폭포에 온 것이다. 소나무 너머 아담한 폭포가 절벽에 에워싸여 담겨있고 폭포수 떨어지는 소리가 마치 더운 여름 쏟아지는 장대비 같다. 터벅터벅 내려가면서도 머리 한구석에는 회사 생각이다. 직장 옮기는 것이 옳은 선택일까? 더더욱 장인 회사에….

'내 삶에 스스로 족쇄를 채우는 것은 아닐까?'

폭포수 흐늘거리는 물보라가 얼굴에 와 닿으니, 촉촉한 기분으로 바뀌며 잠시 고민이 사라진다. 비울수록 채워지는 화수분처럼 생각은 꼬리에 꼬리를 문다. 기억되지 않는 순간들이 눈앞에 흐려지고 시원스레 떨어지는 폭포수가 무색할 만큼 기억은 역류하고 있다. 아직 젊지만 나이 들면서 욕심만 늘어가는 것 같고, 다음 달부터 생활이 바뀔 것도 조금 걱정된다. 처가 도움을 받아 성공의 기회를 잡아보려는 야망이 과연 옳은 것일까?

생각 흐르는 대로 폭포를 빠져나와 서쪽으로 향한다. 곱게 물든 단청 아래 수선화 한 송이가 붓 터치로 피어있다. 방문객 없는 텅 빈 전시관의 실망스러움을 수려한 한국화 한 폭이 보상한다. 절벽에 늘어진 멋있게 세월을 이겨낸 소나무! 속이 훤히 들여다보이는 바다! 영락없는 그림이다. 빼어난 경관 나 혼자 즐기고 있자니 미안한 생각이 든다.

'왜 서쪽으로 향하고 있지?'

스스로 질문을 던지며 방랑객 기분을 느낄 때쯤, 소남머리에 다다랐다. 운동하는 동네 사람과 눈인사를 나누고 고개를 돌리니 거대한 주상절리 환상이 나를 사로잡는다. 수백 수천 년을 지났을 법한 바위는 신선들이 앉아 쉬고 갈 의자다. 앉아볼까 망설임이 제주 근대사에 가로막힌다. 호기심 어린 움직임에 동네 사람은 절경에 담긴 슬픔을 이야기했다. 탄성의 절경과 눈물 어린 아픔이 공존하는 곳이었다. 희극이 마치 비극으로 되돌아오는 연극처럼.

더 머무르고 싶은 절경을 뒤로하고 다시 서쪽으로 향했다. 아! 이상한 모습이 눈 앞에 펼쳐진다. 아름다운 바다를 배경으로, 발 씻겨주는 청년이 보인다. 사연을 가진 사람들 같아 조심스레 곁눈질로 걸어갔다. 생김새가 닮은 것이 부자처럼 보인다. 내 흘깃을 느꼈는지 주섬주섬 발을 닦고 다가온다.

"하하, 우리 아들이에요."
묻지도 않았는데 자랑스럽게 먼저 말을 건넨다.
"아빠를 위해 해드릴 수 있는 게 발 씻어드리는 것 말고는 없더라구요. 어제 가족들이 종일 걸었거든요."
아들이 멋쩍게 웃으며 말을 이었다.
"보아하니 우리처럼 여행 오신 것 같은데, 보셨을까? 조금 전 우리는 영웅을 만났지요. 우리 시대의 영웅 말이죠!"
"상남자! 가장의 본보기에요!……."

부자는 이중섭에게서 감동받았다고 했다. 함께 온 부인과 딸은 재래시장으로 가고, 고달팠던 영웅의 흔적을 더 느껴보려 둘만 자구리 바다에 왔다고 했다. 이중섭은 가족을 먹여 살리려 이 바다에서 게를 잡았다고 한다. 게에게 미안한 마음으로 작품에 게가 자주 등장한다고 했다. 남자로서 가장으로 이중섭을 자신들의 영웅이라며 말을 이어갔다. 아버지 또래처럼 보이는 남자는 자신 또한 의무를 다한 가장처럼 당당해 보였다.

"모든 아버지가 다 그런 것은 아닙니다!"
아버지에 대한 기억이 떠올라 나도 모르게 아들의 말을 끊은 것이다.
"젊은이 아버지도 알고 보면 다 훌륭한…"
"아닙니다!"
남자의 말이 끝나기도 전에 말을 가로막는다.
"저희 아버지는… 그런 가장이 아니었습니다. 저희 아버지는 술과 친구 좋아하고 가정을 내팽개친 사람입니다."
"이보시게, 아버지가 왜 술과 친구 좋아하셨는지, 그 까닭은 생각해 보았는가?"
"아버지는 그냥 그런 것들이 좋으신 겁니다!"
"음… 정말 그럴까?…, 아버지 연배가 어떻게 되시지?"
"오십 팔 년생이십니다."
"이런!~ 나와 동갑이시네. 얼마 전 환갑이셨고!"
남자는 친구를 만난 듯 말을 이어갔다.

"굶주려 배고팠던 유년시절…, 매일 최루탄이 터지고 속보가 줄 잇던 혼란스러운 시기에 청년 시절을 보내고, 앞만 보며 달려왔더니 벌써 육십을 지나고 있다네. 자네는, 자네 아버지의 삶에 눈물을 흘려본 적이 있던가? 아버지가 마시는 술은 매일 매일의 눈물이고, 담배 연기는 아쉬움의 한숨이라네."
"…"
"십 분쯤 가면 영웅의 흔적을 볼 수 있을 걸세. 자네에게도 영웅일 거라 확신하네! 영웅에게서 아버지의 모습을 보길 바라네."
공손하게 인사하고 자리를 떴다. 조금 걷다 돌아보니 부자는 손을 흔들고 있다.

장인 회사 생각은 온데간데없이 파도에 쓸려갔다. 낯선 남자에게서 어렴풋이 들은 이야기였지만 이중섭 생각이 계속 맴돈다. 조그마한 공원에는 이중섭을 기념하기 위한 여러 조형물이 어지럽게 흩어져 있다.

'아! <제주도 풍경>'

이 작품이 자구리 바다를 담아놓았구나! 게와 두 아들을 바라보는 부부의 눈빛, 서귀포 바다의 섶섬과 문섬이 사이좋게 마주 보며 게거품 문 게들을 환영하듯 어우러져 있다. 수염 깎지 않은 아비의 눈빛에 눈물이 아른거렸다. 눈빛에 담긴 진심에서 나는 마침내 아버지를 슬쩍 보았다. 이중섭을 영웅이라고 했지만, 아버지는 결코 영웅이 아니다. 그런데도 왜 그의 눈에서 아버지가 보인 것일까?

초등학교를 지날 무렵 아버지가 다시 떠오른다. 6학년 때, 아버지가 면담을 위해 학교로 왔던 날이 떠올랐다. 같은 반 친구와 심하게 다퉈 아버지가 오신 것이다. 그래도 나는 아버지가 부끄럽고 못마땅했다. 학교에 아버지가 찾아온 친구를 본 적이 없었기 때문이다. 지금 생각해 보니 오히려 아버지가 더 부끄럽지 않았을까?

여기저기 거리 담벼락에 이중섭 작품이 하나둘 보이기 시작한다. 난민 이중섭! 어떤 마음이었을까? 언젠가 돌아가리란 희망의 끈을 갖고 있었을까? 피난민 이중섭이 거주했다는 초가 골방에 호기심으로 들어서자, 눈물이 왈칵 쏟아져 나온다. 축축 젖은 땅을 딛고 서서, 팔다리를 뻗기도 어려운 이 공간에 네 식구가 살았다는 생각을 하니, 필요 이상으로 아파트를 넓혀 가던 내 욕망이 부끄러웠다. 비나 간신히 피할 정도 초가 골방과 내가 사는 아파트가 겹쳐 보인다.

따개비 합창

바다를 객석으로
녀석들은 입을 모았다
파도소리
그럴듯한 화음

자구리바다
이중섭바위에 앉으면
그림보단 작곡이 쉽다

바다를 짝사랑
그래도 하루 두 번
사랑을 만날 수 있는 건
축복이다

"잘못했다! 내가 잘못했다.

만나는 사람마다 손을 붙들고 무릎을 꿇었다. 아들에게 자전거를 사주기로 한 약속을 지키지 못했다는 자책 때문에, 너무나 보고 싶은 마사코를 그리워하며…. 중섭은 서서히 미쳐가고 있었다. 식음을 전폐하며 거식증으로 혼미해가는 상황에서도 가족을 그리며 눈물을 흘렸다. 아내와 아이들이 보고 싶어 죽을 것 같다. 그렇게 서서히 천재 화가의 삶은 저물어가고 있었다.

가족을 목숨처럼 사랑한 작가의 마음을 그림으로 표현한 것입니다."

이중섭 작품 설명에 울림이 있었다. 안내하는 분의 이야기를 엿들으며 여전히 나는 초가 골방 근처를 서성이고 있다. 내 추한 모습과 탐욕이 이 공간에 고스란히 비추어진다. 아파트의 넓이가, 가격이 행복을 담보하지는 않을 텐데…. 너무도 부끄러웠다. 뿌리치고 도망가도 될 텐데, 왜 나는 추한 모습에 머무르고 있는 것일까? 알 수 없는 기시감이 느껴져 아찔하다. 얼마나 서성거렸을까? 다시 아버지가 떠오른다. 이중섭과 아버지는 분명 다를 텐데 말이다. '아!~ 어쩌면 아버지도 이중섭이었다.' 표현할 수 없는 어떤 느낌이 휙 지나간다.

어색한 모습의 소나무 가로수 길을 걷는다. 투박하게 이어진 고만고만한 집에 어울리지 않는 쭉쭉 뻗은 도로가 '청바지에 저고리'처럼 보인다. 한때 가장 번화가였다고 한다. 화려했던 영화는 이미 옛일이라는 듯 조용하다. '때로는 민얼굴이 예쁘다'고 중얼거리며 걷는데 예쁘게 화장한 담벼락이 나타난다. 아니나 다를까 아티스트의 손길이 묻은 곳이다. 동네에 어울릴 메이크업을 했다. 생각의 꼬리가 다시 아버지로 이어진다.

아버지는 언제나 예쁘지 않은 것을 그렇게 예쁘다며 간직하고 다니셨다. 아버지를 이해할 수 없었던 그 어린 시절의 내가, 담벼락 앞에 서 있다. 아버지 낡은 지갑에는 언제나 나와 함께 찍은 사진이 있었다. 초등학교 졸업 무렵의 사진이다.

"청승맞게 그 사진 그만 가지고 다니세요, 다른 거 드릴게요."

언젠가 했던 말이 후회스러웠다. 아버지 그런 모습은 고등학교 이후에도 언제나 부담이었다. 결혼 즈음, 경제적으로 풍족하지 않아 아버지에게 무심코 내뱉었던 말이 있었다.

"가족을 위해 아버지는 얼마나 모아 두셨나요? 저는 아버지를 이해하지 못하겠습니다. 그때나 지금이나 너무 초라해요."

그래도 아버지는 아무 말씀 없으셨다. 아버지의 낡은 지갑을 찢어버리듯이 비수를 꽂은 말이었다. 얼굴이 화끈거리며 네 살 은수가 떠오른다.

이중섭 생각은 점점 희미해지고, 아버지 생각으로 채워지기 시작한다. 찬찬히 더듬어 보니 아버지는 철저하게 혼자셨다. 누나와 나는 어머니 편이었고 의논과 의사결정도 어머니 몫이었다. 어쩌면 아버지께서는 가정의 평화를 위해 한 걸음 물러서 있었는지도 모른다. 그 외로움이 술과 친구를 찾게 하지 않으셨을까?…

어머니와 누나는 늘 가까이 있었다. 자매처럼 친구처럼! 그렇다고 내가 아버지와 함께해본 적도 없다. 친구들은 아버지와 가끔 술도 마신다는데. 맞술은커녕 대화도 없었다. 아버지는 돈 벌어오는 하숙생과도 같았다. 어쩌다 일찍 퇴근하셔도 현관에 나가는 식구는 없었다. 아버지는 도시라는 사막에 혼자 서 있었다. 아버지가 술 좋아한다고 생각했는데 술을 마실 수밖에 없었을 것 같기도 하다. 아버지께 그 흔한 생일선물조차 드려본 적이 없었다. 아버지와 나 각자의 인생이라 생각했다.

동네 골목을 벗어나 강 같은 계곡을 마주했다. 뒤엉켰던 생각들이 시원함에 씻기는 듯하다. 주차장에 들어서니 여행객들로 붐빈다. 평일 대부분 가족여행이다. 사랑스러운 표정의 가족 여행객들은 가가호호 웃음이 가득하다. 사람들의 웃음에 아버지 웃는 모습이 떠오른다. 어느샌가 볼 수 없게 된 아버지의 웃음이 문득 그리워졌다. 누가 아버지에게서 웃음을 앗아갔을까?

떠들며 걷는 사람, 왁자지껄 시끄러운 여행, 조용한 여행, 말없이 걷는 사람…. 나는 어떤 모습의 여행을 하고 있을까? 가족 여행객들을 보니 아버지 생각으로 바뀐다. 집에 걸린 여행 사진에 아버지 모습이 없는 것 같다. 그 사진들을 더듬자니, 간혹 아버지가 보이지 않는 눈앞 가족여행이 남 일 같지 않아 서글퍼진다.

아버지의 바다 | 43

생각해 보니, 아버지는 내 요구에 망설여 본 적이 없다. 아주 어렸을 때부터 오늘까지. 사달라고 했던 것, 하고 싶다는 것, 가보고 싶다는 것…. 안 된다며 막아선 것이 없다. 금 나와라. 뚝딱! 요술 방망이처럼 아버지는 모든 것을 해주실 수 있는 능력자로 생각했던 것 같다. 사실 아버지는 없는 살림에도 여기저기 구하고 구해서 들어주신 것이다. 나는 참 못된 아들이다.

내가 태어나 결혼할 때까지 아버지는 묵묵히 뒷바라지만 해오셨다. 내가 원하는 것, 요구하는 것 단 하나도 거부하거나 망설이지 않고 지원해 주셨다. 그런 아버지셨다. 그러나 정작 아버지는 육십 너머의 삶에 대해 준비된 것은 아무것도 없으셨다. 자구리 바다에서 만났던 분의 이야기가 맴돈다.

"자네 30년을 뒤치다꺼리했지만, 앞으로 아버지 30년은 누가 돌봐줄 건가?"
"누가 그렇게 살라 했냐고 할지 모르지만, 아버지의 조건 없는 헌신이라네."

서귀포항을 바라보며 섰다! 아버지 모습이 보인다. 배에 부딪히는 파도에 아버지의 술잔 소리도 들린다. 아무 말 없이 묵묵히 받아주시는 아버지! 선착장 계선주처럼 그 자리에 서서 아버지는 그렇게 나를 기다리고 계시리라. 아무도 칭찬해 주지도, 사랑으로 안아주지도 못했지만, 아버지는 아무 말 없이 묵묵히 그 자리에 서서 그 긴긴밤을 술로 마음 흘리며 보내셨으리라. 아버지 들리지 않는 비명에 갈매기가 꺼이꺼이 울고 있다.

놀이동산을 방문하면 내 뒤를 졸졸 따라다니던 은수의 모습이 떠오른다. 겨울도 봄처럼 환하게 하는 그 미소로 '아빠'하면서 따라다니는 아이의 모습을 생각하니, 내가 집착하는 물질과 성공적인 삶이 의미 없게 느껴진다.

'그래! 저거면 된다. 나는 저 미소를 지킬 수만 있다면 무슨 삶에 처해도 족하다.'

그 미소에 실린 눈물이 자욱하게 번져, 나는 오늘도 걸어갈 수밖에 없었을지 모른다.

정방폭포, 서복전시관, 소남머리, 자구리바다, 천지연, 서귀포항…. 빼어난 절경들이 모여 있는 서귀포! 그 경관에 어린 이야기들은 더욱 감동이다. 관광객의 눈으로는, 결코 볼 수 없는 이야긴지 모른다. 내게도 어느새 이중섭은 영웅이 되고 있었다. 단지 화가로만 알았던 이중섭! 가장으로 치열하게 살았던 한 남자를 알게 된 것도, 아버지를 다시 생각하게 된 것도 가슴 벅차다. 서귀포의 모습은 아버지였다.

다리를 건넌다. 새로운 세상과 연결하는 새연교라 한다. 그렇다! 아버지와 새롭게 연결되어야 한다. 서쪽을 향하는 의미도 있다. 서쪽으로 돌아 내가 갈 곳은 새로운 직장이 아니라 아버지와의 관계 회복이다. 조만간 아버지와 단둘이 이곳을 찾아야겠다. 아버지 발을 씻어드려야겠다. 西歸浦! 아버지의 바다였다.

답사안내

1박 2일

첫째 날 '아버지의 바다' 함께 걸으며 대화하고 수록된 사진 같이 촬영
둘째 날 '태풍서귀' 혼자 걸으며 보고 느끼고. / 1박 2일 프로그램 문의 02-6204-4141
두 편의 소설 읽고, 혼자 걷는 것도 좋다. 내용 순서대로 사진 수록했음.
단체의 맞춤형 진행도 가능

아버지의 바다   걷기여행 개요

코스길이 6.8㎞ / 소요시간 : 약 2시간(걷는 시간만)
난이도 : 평지 2시간 걸을 수 있는 체력 / 여성 혼자 안전 / 화장실 충분
답사순서 : 정방폭포 ~ 새섬 / 아래 그림 참고
대중교통 : 제주공항 – 신제주 – 중문 출발 600번, 서귀포 521 간선버스 파라다이스호텔입구 하차 /
서귀포 520 간선, 630번 지선 칼호텔 하차 / 걸어서(500m) 정방폭포
돌아가기 : 880 순환버스 천지연폭포 정류장 ~ 칠십리 음식특화거리정류장 하차 후 걸어서 5분 /
새연교 주차장 ~ 정방폭포 주차장 직선거리 걸어서 30분 / 택시 약 4,000원(콜택시
064-763-4040, 064-762-4244) / 천지연폭포 주차장 ~ 서귀포시외버스터미널 택시
약 7,500원 10분 / 대부분 버스 천지연폭포 주차장 출발 서귀포시외버스터미널 경유함

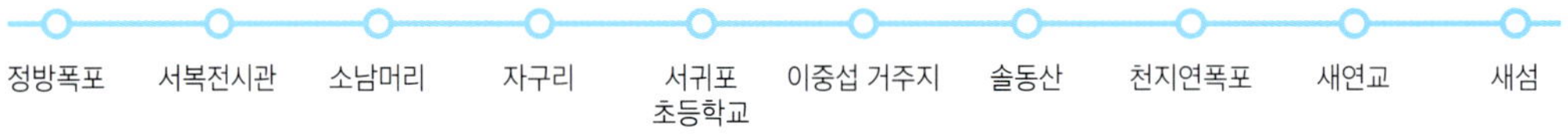

정방폭포 — 서복전시관 — 소남머리 — 자구리 — 서귀포초등학교 — 이중섭 거주지 — 솔동산 — 천지연폭포 — 새연교 — 새섬

태풍서귀   걷기여행 개요

코스길이 11.5㎞ / 소요시간 : 약 4시간(걷는 시간만)
난이도 : 평지 4시간 걸을 수 있는 체력 / 여성 혼자 안전 / 화장실 충분
답사순서 : 천지연폭포 주차장 ~ 강정평화센터 / 아래 그림 참고
대중교통 : 제주공항 – 신제주 – 중문 출발 600번, 서귀포 대부분 간선, 지선 버스 샛기정공원 하차 /
걸어서(700m) 천지연폭포 주차장
돌아가기 : 강정초등학교 ~ 천지연폭포 주차장 / 택시 약 9,300원 15분 / 버스 521, 530, 651,
652, 690 - 남성마을입구 환승 611, 641 천지연폭포 정류장 하차 버스이동 30분 /
강정초 ~ 서귀포 시외버스터미널 버스 643 10분·택시 5,100원 7분
주의 : 악근천 하구(146p 150p) 발목 이상 깊어 물 건널 수 없을 경우, 반드시 우회.
악근교 지나 켄싱턴리조트 옆 산책로 이용 악근천 하구 도착 /
서건도 - 국립해양조사원 바다갈라짐 참고

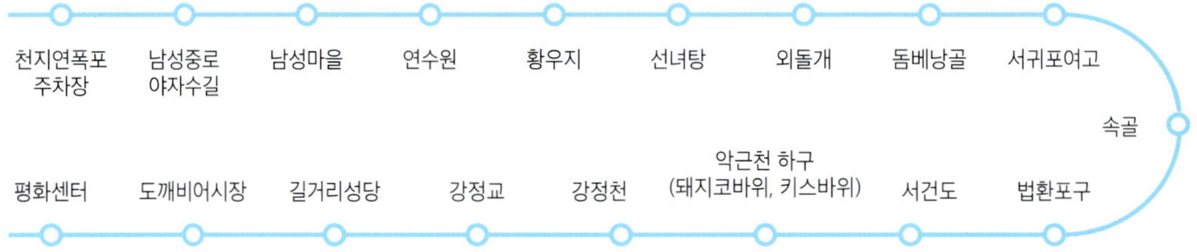

천지연폭포 주차장 — 남성중로 야자수길 — 남성마을 — 연수원 — 황우지 — 선녀탕 — 외돌개 — 돔베낭골 — 서귀포여고 — 속골 — 법환포구 — 서건도 — 악근천 하구(돼지코바위, 키스바위) — 강정천 — 강정교 — 길거리성당 — 도깨비어시장 — 평화센터

태풍서귀

자식을 잃으면 실신하고 통곡한다는데, 아무런 감각이 없다. 찔러도 아프지 않고, 긁어도 시원치 않다. 내 몸인데 내가 움직이지 않고, 남이 움직이는 것처럼 이상 어색하다. 자고 싶어 자는 게 아니고, 물 한 모금 마시지 않고 하루 뜬눈으로 보내면 나도 모르게 쓰러져 잠이 든다.

"이 미친 것아, 미쳤지! 지금 잠이 오냐, 미쳤지."

잠에서 깨고 나면 그렇게 내 뺨을 때렸다. 철썩철썩 소리가 온 장례식장 울리게 때리는 나를 언니와 친구들이 손을 붙들면서 막아서도, 어디서 그런 힘이 나는지 다 뿌리치고 뺨이 벌겋게 부어오를 때까지 때리다 팔에 힘이 빠져 주저앉는다.

"수정아! 제발…. 제발 그만해! 제발…."

자식이 스스로 목숨을 끊어 장례를 지내는 어미가 무슨 낯짝으로 잠이 오고, 배가 고픈지 알 수 없다. 등이 따뜻하면 잠이 오고, 몇 끼를 거르면 배가 고파오는 자연의 이치가 왜 나에게도 일어나야 하는지 알 수가 없다. 제발 잠시라도, 온몸이 이 말도 안 되는 슬픔 때문에 고장 났으면 좋겠다고 그렇게 간절히 빌어도 어찌된 것인지 자꾸만 목이 말라 물을 벌컥벌컥 들이켜야 했다.

그렇게 기나긴 이틀을 보내고 결국 실신했다. 장지로 가려고 언니가 상현의 영정을 들어 내리자, 심장이 쪼그라들며 그대로 쓰러졌다. 눈을 뜨니 병원 천장만이 하얗게 보이고, 링거에서 나오는 수액이 뻐끔뻐끔 떨어진다.

"정신 드세요? 이름이 어떻게 되세요?"
"이수정요…."
"보호자 분, 환자 분 일어나셨어요."
"영양실조도 있고, 뭣보다 스트레스 수치랑 피로도가 높습니다. 이대로 두면 정말 무슨 일 납니다. 옆에서 지켜봐 주세요."
"감사합니다! 선생님…."

그렇게 눈을 뜨자 다시 응급실이 떠나갈 듯 서럽게 울었다. 내가 아파 우는 것이 아니라, 상현이가 견뎠을 지독한 외로움과 고단함이 너무 괴로워 드러누운 채 베갯잇이 다 젖도록 지독하게 울기만 했다.

병원에서 나와, 상현이 마지막 떠나보내는 길을 재촉했다. 화장로에 상현이가 들어가는 것을 보아도 슬프지도 아프지도 않다. 그저 멍하니 관망실에 앉아 헛웃음만 계속 짓자, 언니가 나를 안아준다. 몇 개월 전 엄마가 돌아가셨을 때는 내가 언니를 안아주었는데, 지금은 반대였다. 생각하는 것이 두려워 아무런 생각 없이 망연자실 언니 품에서 잠시 눈을 감는다.

움직이지 않는 무릎을 억지로 펴 상현이 사진을 들고 일어선다. 상현이는 수골실에 작은 유골함으로 돌아왔다. 내 배 속에서 열 달! 또 다른 나라고 생각하며 키우던 아이가 돌아오자, 정신을 가누기가 힘들었다. 사방에서 그 광경을 바라보는 이들의 침묵과 탄식, 그리고 연민이 감돈다. 그런 분위기 따위는 아랑곳없이, 뜨거움이 가시지 않은 유골함을 나는 손이며 얼굴이며 문지르고 또 문지른다. 알을 품듯 그렇게 품다 보면 죽은 상현이가 돌아올 것 같다. 뒤에서 다음 차례를 기다리던 상주들까지도, 내 사연을 전해 들었는지 차마 나가라 하지 못하고 조용히 흐느껴 울었다. 남겨진 자들의 슬픔과 절규만이 그곳을 휘돌았다.

납골당은 집 가까운 곳으로 정했다. 그렇게라도 자주 보지 않으면 내가 견딜 수 없을 것 같다는 언니 생각이다. 마지막 흐느낌을 뒤로하고 다소 덤덤히 영정을 들고 납골당으로 향한다. 함을 봉하고 돌아서는 걸음이 쉬 디딜 수 없다. 폐장에 숨이 들어차며 벅차오른다. 힘이 없어 쩔뚝거리며 버스로 돌아와 다시 장례식장으로 올 때까지 잠만 잤다. 밀린 잠을 채우기라도 하듯 숨도 쉬지 않고 잠만 잔 기분이다. 그렇게 나는 그날 내 심장을 도려냈다. 더 채워지지 않는 허한 가슴만 나에게 아들이 있었다는 상처로 남았다. 그렇게 나는 마음으로 상현이를 죽여냈다.

"수정아! 이러다가 정말 큰일 나. 제발…."

그렇게 두 달을 넘게 나는 식음을 전폐하고 죽지도 살지도 못하고 지냈다. 목구멍으로 넘어가지도 않는 끼니를 언니가 강제로 떠먹였고, 수면제를 먹고 쓰러지듯 잠을 잤다. 안 되겠다 싶었는지 언니는 여행을 다녀오라 했다.

"언니! 나 신경 쓰지 말고, 언니 사는 거 살아…."
"엄마 돌아가시고, 피붙이라고는 너밖에 없는데, 참 차갑게 말한다. 어떻게 너를 그냥 두니…. 내 친구 혜경 언니 알지? 몇 년 전 제주도에 정착했는데, 그래도 급할 때 챙겨줄 것 같아…. 제주도 갔다 와!"

떠밀리다시피 제주도로 향했다. 온갖 생각들이 뒤엉켜 비행기에서 뛰어내리고 싶었다. 생각이 멈췄으면, 머릿속이 비었으면 하는 바람과는 달리 꼬리에 꼬리를 물어 나를 괴롭힌다. 얼마나 지났을까? 우당탕 활주로에 내려앉으며 비로소 괴로운 생각은 잠시 멈췄다.

공항은 시끌벅적 붐볐다. 쌀쌀한 날씨에도 가족, 연인, 지인들끼리 모두가 즐겁고 들뜬 모습이다. 오로지 나 혼자만 홀로 여행일뿐더러, 표정도 어두운 것 같다. 도착을 어떻게 알았는지 언니에게서 전화가 온다.

"무슨 일 있으면 혜경이에게 전화해! 그리고, 바닷바람도 좀 맞고…. 생각 없이 바닷가 길도 걸으면 좋겠어…."

꼼꼼하게 챙겨주는 언니가 고마우면서도 왜 고맙다고 표현하지 않는지 미안해졌다. 공항에서 숙소로 가는 버스에서도 여전히 생각의 실타래는 엉켜있다. 창밖의 풍광은 그나마 억누르지 않아 다행이다.

언니의 세심한 배려로 바다가 보이는 방이 예약되어 있었다. 바다와 섬 그리고 뾰족한 조형물이 내려다보인다. 낯선 풍경 속 문득, '내가 왜 여기에 있지?' 묻는다. 생각을 멈추려 머리를 흔든다. 침대에 엎드린 채 한참 지났다. 얼마나 지났을까? 어둠이 내리고 뾰족 조형물에 형형색색 조명이 바뀐다.

호텔을 나와 낯선 여행지 밤거리를 걸었다. 터벅터벅 걷는데 멀리서 상현이가 걸어오고 있었다!

"상현아!"
"상현이 아닌데요!"
"아, 아! 미안해요."

숙소로 돌아와 상현이 교복을 꺼냈다. 아이의 체온은 여전히 남아있다. 아들이 없다는 것이 믿어지지 않는다. 눈물만 하염없이 흐른다. 시간이 지나면 아픔도 아문다고 했거늘 석 달이 지났는데 슬픔은 여전했다.

이상하게 낯선 여행지, 낯선 잠자리에서도 깊은 잠을 잤다. 기분이 달라졌다는 것을 나도 느끼고 있다. 아침도 든든히 먹고 커피도 맛있게 마셨다. 배부르게 먹고, 마시는 것이 염치없다고 느끼지도 않았다.

마치 계획한 것처럼 걸을 준비를 하고 호텔을 빠져나온다. 어디로 갈지 정하지 않았는데도 걸음은 바다를 향하고 있다. 바닷가 뾰족 조형물이 잔상으로 남았나? 이끌리듯 가고 있으나 걸음이 무겁지는 않다.

물 떨어지는 광경을 보려는 차량으로 주차장은 가득 찼다. 애써 외면하듯 고개를 돌려 항구를 바라본다. 분주하게 배가 움직이는 것도 아니고 고깃배에 사람도 없다. 쉬고 있는 배처럼 보인다. 야자수를 따라 뾰족 조형물로 다가가자 이곳도 자동차가 가득하다. 망설이다 데크에 걸터앉았다. 한숨 돌리고 언니에게 문자 하나를 보냈다.

'언니! 고마워.
바다 보이는 방도 좋고….
바닷가에 왔어.
좀 걸을까 해.
고마워! 언니.'

폰을 껐다. 세상과 단절한 채, 나만의 시간을 느껴보기로 했다. 북적거리는 주차장의 사람들을 피해 야자수 가로수 길로 향했다. 가본 적도 없거니와 계획한 이동도 아니다. 구불구불 올라가니, 평온해 보이는 항구가 배들을 품고 있는 모습이 마치 내 품에서 잠자던 상현이를 보는 것 같아 가슴이 먹먹해졌다. 그러나 그 느낌이 얼마 전까지 아린 것과는 달랐다.

조금 더 높은 곳에서 항구를 바라본다. 항구 너머 멀리, 바다 위 솟아오른 산과 같은 섬이 보인다. 저 섬에 무엇이 있을까? 섬 꼭대기에 오르면 무엇을 볼 수 있을까? 전혀 관련이 없는데, 서른여덟 뉴욕 패션쇼에 참가했던 일이 떠오른다. 서른 즈음 내 목표이기도 했던 일이었다. 한참 섬에 시선이 머물러 있다.

한라산 모습도 어렴풋 보인다. 바다와 산, 초록이 도시를 품어 안은 모습을 보자, 엄마 생각이 났다. 자연이 품은 도시의 정경과 그 도시가 품은 항구를 보니, 엄마 품에서 새근새근 잠을 자던 상현이가 생각났다.

낮에는 일하고 밤에는 외국에 연락하며 일정을 조율하느라 종일 아이 볼 틈이 없었다. 엄마는 기쁘게 상현이를 돌봐주었다. 그렇게 아이는 일곱 살까지 할머니 손에서 컸다. 상현이도 할머니를 무척 좋아했다. 그런 아이가 임종도 장례도 함께 하지 못했으니…. 아이와 엄마 생각에 눈물이 흘렀다. 빨간색 열매의 가로수길로 풍경이 바뀌자 외돌개 방향을 알려주는 이정표가 있다. 목적지도 없었지만 걸음은 서쪽으로 향하고 있다.

버스정류장이 '남성마을'이다. 마을 이름에 생각이 멈춘 바람에 슬픔도 잠시 잊었다. '이 마을 남성들은 무엇인가 특별할까?' 다정다감한 남성들이 사는 마을이면 좋겠다는 동화 같은 생각이 스쳤다. 조금 부드러워진 생각들이 맴돌다 연수원 입구에 다다른다. 지나던 행인에게 슬쩍 남성마을을 물었다. 남극노인성이라는 별을 보기 위한 '남성대'라는 정자가 있어서 남성리라는 지명이 생겼다고 했다. 조선시대에는 그 별을 보려고 동짓날 정승판서들이 한양을 출발해 왔다고 하는데, 그 별을 본 사람들은 무병장수했다고 알려주었다. 제주도의 푸른 밤은 예나 지금이나 선망의 대상이었을까?

연수원 입구를 돌하르방이 수문장처럼 지키고 있다. 남의 정원 몰래 들어가 탐닉하듯, 연수원을 찬찬히 둘러보았다. 소나무 숲과 아담한 정원을 지나자 탁 트인 공간에 이르렀다.

"아!"

수려한 경관에 슬픔은 온데간데없이 사라진다. 또 다른 섬 하나가 나타났다. 두 번째 섬은 곡선미 뽐내는 섬이다. 발아래 납작한 섬도 있지만, 덜 매력적이었을까? 눈길 한 번 주지 않는다. 한참을 넋 놓고 풍광에 빠져있다 현실로 돌아온다. 슬픔을 잊을 수 있다는 생각이 괴롭다. 아픔을 망각한다는 것을 자책할 무렵 묘한 자세의 연인 조각상을 마주했다. 명진이 떠오른다.

우린 공개된 캠퍼스 커플이었고, 둘 친구들도 서로 깊이 알고 있을 만큼 가깝고 오래 만난 사이였다. 2학년 교양 수업이 겹쳐 알게 됐다. 적극적으로 다가오는 명진에게 내가 더 시큰둥했다. 그저 그런 남자라 생각했지만, 끈질긴 구애는 학기 내내 이어졌고, 간절한 접근에 함락당해 우리는 사귀게 되었다.

연애가 지겨워질 즈음 우린 결혼했다. 결혼에 대한 강렬한 바람이 있었다기보다, 으레 당연한 과정처럼 결혼했다. 패션디자이너와 대기업 사원의 결혼! 뭔가 어울리지 않은 조합처럼 보이기도 했으나 부러움이 많았다.

평온할 것 같은 결혼은 상현이를 가지며 삐걱거리기 시작했다. 아이 가진 것을 알고도 쉴 수 없다며 야근에 일을 놓지 않았다.

"잠시 쉬자! 출산 때까지 만이라도…."
"명진씨! 나 이제 막 독립했잖아? 지금 기회 놓치면 힘들어."

그렇게 우기며 출산 전까지 옷을 만들었다. 내 나이 서른둘에 귀여운 아이를 만나게 되었다. 다섯 달까지 아이는 내 모든 것이었다. 어느 날 미국 패션 잡지사에서 연락이 왔다. 내 옷에 관심을 가진 분이 있다며 오퍼가 온 것이다. 아이가 돌 될 때까지 모든 것 내가 돌보고 싶은데…. 기회를 포기할 수도 없었다. 망설였다. 엄마에게 손을 내밀기로 했다. 그 남자는 일밖에 모르는 여자라 생각하기 시작했다.

아픈 기억의 실타래 끝을 더듬는 순간 갑자기 명진이 내 앞을 가로막았다. 소나무 절벽길, 덩치 큰 소나무 한 그루가 버티고 서있다. 화들짝 놀라 정신을 가다듬고 바다를 바라보니 바다 위에 섬이 떠있다. 곡선미 넘치는 섬은 더 가까이 와 있다. 뾰족 조형물 건너 매력 없어 보이는 섬으로 방문객은 줄을 이었다.

입장료 없이 몰래 훔쳐본 연수원을 돌아 나오자 내리막길이다. 슬그머니 입장한 긴장감과 경관의 쾌감, 명진과의 옛일 등 창고 속 조각들이 머릿속을 어지럽히다 평온을 되찾는다. 내리막길은 새로운 세계로 건너는 느낌이다. 멀리 서쪽에 또 다른 섬이 나를 바라보고 있다. 누가 알려준 것도 아닌데 서쪽으로 걷고 있음을 알아차렸다. 의도하지도 않았지만, 섬들이 내 시선 중심에 있다는 것도 느낀다.

번잡하지 않았지만 주차장이 또 나타난다. 어김없이 주차장 반대쪽으로 향했다. 아는 사람 한 명 없는 낯선 곳에서 왜 사람을 피하는 것일까? 바다가 정원처럼 보이는 조망대 절벽 아래 동굴이 보인다. 소나무 오솔길을 조금 더 가자 멀어졌던 섬들이 차례로 내달려왔다. 섬들을 보며 기쁘거나 반가워할 이유도 없는데….

조그마한 개울을 건너자 선녀탕이 보인다. 바위 사이 바닷물 위에 보석들이 반짝이고 있다. 선녀들이 머물다가 갔다는 곳답게 화려한 모습이다. 바쁘게 떠나야 하는 것도 아닌데, 다음 일정이 있는 것처럼 예쁜 바닷가를 떠났다.

바다 위 홀로 서 있는 바위가 나타났다. 머리에는 나무로 모자를 쓰고 뽐내고 있지만, 외로운 모습이 내 모습 같아 처량하다. 동병상련일까? 외로운 바위를 보러 오는 사람들처럼, 누군가 내 처지를 수군거리지 않을까 조바심도 생긴다. 걱정과 불안이 섞여 걸어갈 무렵, 내리막길에서 보았던 세 번째 섬이 눈앞에 나타났다.

'어린왕자' 모자와 같은 뭉툭한 모습이, 매력적이지도 않은데 강하게 시선을 붙잡는다. 수려한 첫 번째 섬과 곡선미 아름다운 섬은 내 눈에서 멀어지고 있다. 투박한 선의 세 번째 섬이 다가오자 식은땀이 나면서 눈앞에 캄캄해지는 황홀경도 느낀다. 섬들의 정체는 무엇일까, 도대체 무엇이기에 이렇게 자극하여 굵은 소나무에 등 대고 주저앉게 하는가? 낭떠러지 아찔함을 낙락장송이 보호해 주어 고마울 따름이다.

상현에 대한 슬픔은 딴생각으로 덮여 잠시 잊혔다. 낭떠러지 절벽 위 오솔길을 걷고 있지만 위험하다는 생각은 없다. 가끔 넝쿨 덮개 아늑한 곳도 지났다. 얼마나 걸었을까? 바다를 차지한 동화 속 거인의 집이 길을 막았다. 한 사람 겨우 지날 길을 통해 다시 바닷가 길로 들어섰다.

오솔길 떨어진 동백꽃 꽃잎에서 나를 보았다. 패션디자이너의 명성은 화무십일홍 아닐까? 화려한 날이 있다면 언젠가 내리막도 있을 텐데…. 떨어진 꽃잎이 슬픈 것만은 아닐 것이다. 나를 위로했다. 붉은색을 보니 화려했던 뉴욕에서의 기억들이 떠오른다.

패션디자이너 '크리스탈 리'로 뉴욕에서 활동한 지도 꽤 시간이 흘렀다. 의사소통도 힘든 뉴욕에서 노력은 힘겨웠다. 스케치하고 패션쇼를 돌며 어쩌다 상현이에게서 전화가 오면 국제전화 비싸다며 용건만 말하고 끊으라고 말하기 일쑤였다. 나의 명성과 성공을 위해, 밤에 열이 올라 열병을 앓던 아들까지도 엄마에게 맡기고 나 몰라라 내달렸다. 나중에 그 사실을 알게 되었을 때, 이미 상현이는 나에게 말도 하지 않는 아이가 되어가고 있었다. 그깟 명예와 명성이 뭐라고 아들도, 남편도 멀어지게 보냈는지 후회되었다.

기분을 바꾸려 바닷가로 내려간다. 잊었던 두 개의 섬이 반갑다. 물끄러미 섬을 바라보다 세 번째 섬으로 시선을 옮겼다. 그리고 걸어온 낭떠러지 절벽을 바라보다 눈길이 멈췄다. 가까이 다가섰다. 더 가까이!

낯선 여행지에서 놀라운 디자인을 보았다! 시간과 자연이 만든 빼어난 작품이다. 지금까지 본 적 없는 경이로운 디자인이었다. 뉴욕, 파리, 밀라노 그 어느 유명 디자이너도 흉내 낼 수 없는 패턴들이다. 꺼두었던 핸드폰을 꺼냈다. 정신없이 담다 부끄러운 생각이 들었다. 슬픔은 던져버리고 오로지 일에 빠진 나를 보았기 때문이다. 내 디자인은 아무것도 아니라는 무력함에 주저앉는다. 두 번째 섬이 아들섬과 손잡고 나를 보고 있다. 보이지 않았던 아들섬을 보자 눈물이 목구멍을 따라 흘러내렸다.

흐트러진 마음과 생각을 주섬주섬 주워 담고 가까스로 바닷가를 빠져나왔다. 돔베낭은 경이로움과 좌절, 슬픔이 섞여 있는 바닷가였다. 현실로 돌아와 다시 서쪽으로 향했다. 곳곳이 파헤쳐진 공사현장과 바리케이드, 쓰레기 더미가 현실처럼 다가와 씁쓸하기만 하다. 빠른 걸음으로 큰길로 빠져나왔다.

여자고등학교를 지났다. 혜원이, 선희, 민경이, 미숙이…. 꿈 많던 여고시절 친구들이 떠오른다. 오래 우정을 나눌 것 같았던 친구들인데 어디에 사는지, 무엇을 하는지도 알 길이 없다. 명성만을 위해 달려오다 친구들과 연락도 끊긴 것이다. 걱정도 미움도 없던 그 시절이 그리워 잠시 머뭇거리다가 이내 고개를 돌렸다.

굵은 선 세 번째 섬이 오롯이 중심에 있다. 바닥이 오르골처럼 속삭이는 둥글둥글 몽돌들이 바닷가에서 빛나고 있다. 파도 소리, 자갈 구르는 소리, 새소리가 마치 새벽 베틀처럼 날실과 씨실이 엮이면서 옷감을 짜는 것 같다. 끼익끼익, 서걱서걱, 야밤에 실을 타는 바다 여신의 발놀림이 마치 말솜씨처럼 길게 늘어져 저렇게 푸른 바다가 이루어지는 듯하다. 발밑 구르는 몽돌들이 또르르 소리를 내면서 밀려갔다 밀려오기를 반복한다. 어울리지 않을 것 같은 기분 좋은 소리 자갈길을 들어서자, 절벽 벼랑길에서 비로소 빠져나왔음을 깨닫는다. 안도의 한숨을 내쉬면서 또다시 서쪽으로 걷기 시작했다.

동글동글 몽돌해안 옆 소나무 숲과 해안 오솔길을 지나자 날카로운 바위 해안이 나왔다. 몽돌이 되지 못한, 날 선 이들의 예민함을 닮은 바위들이 경계하듯 서 있다. 날카로운 선을 보자, 냉정하게 돌아서던 명진의 모습이 생각나 쓴웃음이 나온다. 까칠하고 차가운 남자였는데, 왜 좋아했는지 알 수 없다.

상현이가 고등학교를 들어갈 때까지 1년만 외부활동 멈추고, 상현이 뒷바라지해달라는 명진의 말에 각을 세웠다. 겨우 디자이너로 자리 잡을 때였고, 도저히 일을 그만둘 수 없다며 맞섰다. 뉴욕이나 파리에서의 화려한 삶과 패션계 스포트라이트를 포기할 수 없었다. 결국, 상현이 볼 생각하지 말라며 떠났다.

엄마의 투병 생활도 언니의 몫이었다. 항암치료의 고통 내색하지 않았던 엄마! 엄마의 임종도 지키지 못한 나는 나쁜 딸이었다. 상현이도 할머니의 임종뿐 아니라 장례도 함께 하지 못했다.

"엄마는 널 버렸어!"
"그래도 할머니 장례는…."
"할머니는 이미 돌아가셨어! 장례식 간다고 달라질 건 없어!"
"…"

그날 이후, 상현이는 하루하루 죽어갔다. 할머니 장례에 가지 못하게 하는 아빠에게 별다른 반응도 없이 집에 틀어박혔다. 학교에 가지 않는 날이 잦아졌다. 면담을 위해 학교에 가면서도, 남들 다 겪는 사춘기가 상현이에게 유독 심하다고 생각했다. 감정의 동요나 우울증 증세는 전혀 알 수 없었다.

"어머님! 상현이가 음…."
"괜찮습니다. 말씀하세요."
"우울증 같습니다. 상담 선생님 통해 검사한 결과….'
"우울증요? 상현이가요? 집에서 전혀 문제가 없는데…."
"정신건강의학과 진료받아보시면 좋겠습니다."

담임 선생님 제안까지도 대수롭지 않게 생각했다. 명진도 우울증은 남의 일이라 여겼고, 우울증에 걸렸으면 내가 벌써 걸렸을 거라 나는 일에 빠졌다. 그러다 응급실에서 전화가 왔다. 그렇게 나는 자식을 죽음으로 내몬 엄마가 된 것이다. 상복을 입은 내 모습이 실감나지 않았다. 뒤늦게 알게 된 상담일지에 상현이의 외로움과 상실감이 고스란히 있었다.

'엄마도 나를 버리고. 아빠도 나를 버렸다. 내가 머무를 집이 없다.'
'할머니가 너무 보고 싶은데 아빠는 할머니를 보지 못하게 했다. 할머니께서 많이 아프시다는데 걱정이 된다.'
'할머니가 돌아가셨다. 사랑하는 우리 할머니!'
'죽고 싶다. 아무도 나에겐 관심이 없다.'

그 자리에 오열하며 쓰러졌다. 곡소리가 장례식장에 울리고 사람들이 연민과 멸시를 보낼 때도, 상담일지를 껴안고 몸을 숙여 절망했다. 모두 내 탓이다. 아이는 자살한 것이 아니었다. 벼랑 끝으로 내몰리다 세상 디딜 곳 없어 실족사한 것이다. 돌부리에 부딪혀 겨우 정신 차린다. 고개를 높이 하늘을 보고 애써 눈물을 참고 갈 길을 재촉했다.

태풍서귀

사노라면 태풍도 오겠지
때로는 흔들다 지나가고
때론 휘청거리다 스러지고
견디기 어려운 태풍이 오거든
서귀포로 가자

풀썩 주저앉아 울고 싶다
모두 포기하여 끝내고 싶다
분노의 창끝이 비수가 되려나
버티기 어려운 태풍이 오거든
서쪽으로 돌아가자

나에게로
가족에게로
서쪽으로 돌아가자
허물어지기 전
돌아가자

날카로운 바닷가 바위를 지나자 포구가 나타났다. 즐비한 건물들과 붐비는 사람들과는 달리 빈 배들만이 포구에서 누군가 기다리고 있다. 그 유명한 법환포구다. 태풍이 오면 기자들이 매일 같이 취재하는 길목. 포구는 오랜 세월 태풍들을 온전히 견뎌내고 있었다.

나도 태풍을 맞고 있는 것은 아닐까? 거대한 태풍에 엄마도 상현이도 견디지 못하고 쓰러졌다. 언니는 달랐다. 형부의 사업이 힘들어질 때도 언니는 독하게 버티고 이겨냈다. 김 사장님, 권 교수님, 지수 언니, 길 선배…. 태풍에 쓰러져간 사람들을 생각한다. 나도 그들도 누군가는 버티고 누군가는 끝내 태풍에 흔적조차 남지 않았다. 이 태풍 이겨낼 수 있을까? 서쪽으로 향했다.

곧게 뻗은 해안을 걸으며 나는 내가 그렇게 간절히 원했던 것들을 생각한다. 바다를 슬쩍 보니 세 번째 섬도 아들섬과 손잡고 서 있다. 돌아보니 까마득하게 멀어진 섬들이 전혀 다른 모습으로 사라지고 있었다. 지난날 내가 간절히 원했던 것들을 생각한다. 그러나 그것들도 이내 내 등 뒤로 멀어지면서 잊히고 있었다. 길을 걸으며 나는 마치 도반의 심정으로 그 불편함을 온몸으로 받아들였다.

뜻밖의 모습이 눈앞에 펼쳐졌다. 바다가 갈라지며 섬으로 가는 길이 만들어졌다. 섬을 보며 하늘을 올려다보고 기도를 드린다. '나에게 기적을 베풀어 주소서!' 형식적으로 다녔던 교회였지만 이 순간 하나님께 간절한 마음으로 기도를 드린다. 기도라기보다 간청이었다. 나에게 이 태풍을 이겨낼 힘을 달라고, 제발 이기게 하소서! 이 긴 터널을 빠져나갈 수 있는 용기와 의지를 주소서, 하나님! 저에게 자비를 베풀어 주소서, 저를 불쌍히 여기소서!

서건도라 했다. 썰물 때 바다가 갈려져 섬과 연결된 길이 만들어지는 곳이다. 운 좋게 그 시간 때에 맞춰 온 덕에 길이 열렸다. 내가 보는 섬이 전부는 아니었다. 웅장하지도, 눈에 띄지도 않는 섬도 있다는 것을 바다가 가르쳐주었다. 기적의 섬도 천천히 시야에서 멀어졌다.

다시 거친 길을 걷기 시작한다. 힘겹더라도 한 걸음 내딛는 이 걸음이 하루하루 최선을 다하는 용기와 의지가 되길 바라는 순례자의 마음으로 걸음을 재촉한다. 한참을 나부끼는 스카프를 따라 시선을 돌아보니, 기적의 섬이 지금까지 모든 섬을 가리고 있다. 이상하게 후련함을 느끼며, 이 날카로운 바닷가와 같은 명진을 조금은 헤아리게 되었다. 명진에 대한 원망은 뿌리 깊은 것이었지만, 언젠가 이해할 수 있을까? 불현듯 명진에게 연민이 들었다.

얼마나 걸었을까? 바다가 이토록 매력적인데 길은 바닷가 반대로 이어졌다. 한참을 망설이다 바다로 향한다. 포근한 바닷가다. 개울이 바다와 만나는 지점이 있었고 크고 작은 자갈로 이루어진 아담한 바닷가였다. 개울을 건널 방법이 없어 주섬주섬 양말을 벗어 개울을 건넜다. 무언가 건넌다는 희열도 있었다. 슬픔도, 억울함도, 좌절도 분노도 이렇게 개울처럼 건널 수 있다면 좋겠다.

건너편 바닷가에 돼지머리가 떡 하니 나를 보고 있다. 웃음이 터져 나온다. 소원돌탑 무더기를 보자 무엇을 빌까 생각을 하다, 남녀가 열렬하게 키스하는 모습을 보자 얼굴이 화끈거린다. 키스에 동의를 구하던 남자! 명진과 도서관에서 어울려 만났던 날들이 떠오른다. 나도 모르게 남아있는 미련이 자꾸만 긁어 부스럼을 만들 듯 고민스럽다. 아무도 없는데, 키스 바위 앞 부끄러움과 감정의 이반이 생길까 급히 바닷가를 떠났다.

'건너다', '극복하다', 장애물을 넘었다는 의지가 솟아오르는 순간, 불안한 구조물에 머리가 쭈뼛했다. 철책으로 막고 군인이 경계하고 있다. 어울리지 않은 모습으로 맑디맑은 냇가에 군부대가 자리하고 있다. 솔잎이 융단처럼 깔린 오솔길을 따라갔으나 냇가에는 사람이 없다. 출입을 막고 있는 것일까? 겁 없이 물가로 가니 물고기들이 가득하다. 누군가 주시하고 있다고 생각하니 편치 않다.

강정마을이라고 했다! 의자에 앉아 냇가를 바라보니 다리와 목이 긴 하얀 새가 먹이를 기다리고 있다. 이 마을이 겪었을 태풍을 생각하니, 아픔을 어떻게 이겨냈는지 궁금했다. 조금 전까지 자연의 풍경은 온데간데없이 사라지고 자동차들이 쌩쌩 달리는 문명의 세계로 접어들었다. 곳곳의 깃발과 현수막, 태풍이 할퀸 상흔이어서 마음이 아려온다.

길거리 성당을 지났다. 음각과 양각 서각도 보이고, 라틴어 구절도 보인다. 마을 사람인 듯 한두 사람이 지나간다. 마을이 어떻게 되었는지 묻고 싶지만 아픈 상처를 후비는 것 같아 차마 말을 건넬 수 없다. 미안할 이유는 없지만, 태풍을 맞은 동병상련의 느낌이다.

'네가 겪는 태풍은 바람결 미풍에 지나지 않는다!'

멀리 한라산이 건네는 말에 부끄러웠다. 어색한 로터리를 지나 마을 가운데 버스정류소에 이르렀다. 엿들으려고 한 것도 아닌데, 귀를 쫑긋했다. 할머니 한 분이 어제 세상을 떠났는데, 아들 둘이 싸우며 반목하는 모습에 한을 갖고 떠나셨다는 것이다. 떠나는 날까지 자식들의 화해를 기다렸으나 한을 풀지 못하고, 눈을 뜨고 떠나셨다는 것이다. 해군기지를 둘러싸고 형제가 심한 갈등이 있었다고 했다.

태풍 서귀 | 155

길 건너 좌판에 사람들이 모였다. 방금 잡은 옥돔, 부시리, 이름 모를 바닷고기들이 싱싱한 모습이다. 도깨비어시장이 열리고 있다. 기웃기웃 구경하다 오지랖 넓게 한가한 틈을 비집고 들어갔다.

"동네 사람들은 좀 괜찮아졌나요?"
"구럼비도 다 어서져 불고, 해군기지도 만들어져 불어신디…. 이제 어떵헙니까?"
어쩔 수 없다는 푸념으로 아주머니 한 분이 말한다.
"이제 우리도 챙길 거 챙겨사주!"
옆에 있던 다른 아주머니가 말했다.
"마을회에서 의견을 모으지 않나요?"
"전엔 해군기지 찬성 반대로 다퉈신디 이젠 더 나눠전 마씸!"
찬반 갈등에서 더 많은 갈등으로 바뀌었다고 한다. 보상한다고 하니 더 많은 갈등이 생겼다고 했다.
"한 세대 지나 희미해지고…. 두 세대 지나야 아물지 않으카 마씸?"
아이들이 할머니 할아버지가 될 무렵에나 치유될 거라 했다.

항구로 향했다. 터벅터벅 걷는데 어디선가 본 듯한 하얀 수염 할아버지 한 분이 지나간다. 강정포구로 향하다 문득 그 적나라한 아픔을 본다는 것이, 잔인하다는 생각이 들었다. 낯선 골목길에 멈춰 두리번거리는데 평화센터라는 곳이 보인다. '태풍이 지나가면 평화가 올까?'

평화를 갈망하고 있는 것일까? 무턱대고 들어섰다. 낯선 사람에 능숙한 모습으로, 오십 대 초반 남성 한 분이 친절하게 맞았다.

"커피 한 잔 드릴까요?"
"고맙습니다."
기다렸다는 듯 대답한다. 밤샘 일로 커피를 달고 살았던 내가, 아침 커피 한 잔 이후 커피를 굶었던 것이다.
"무엇을 도와드릴까요?"

공공기관에서 운영하는 상담센터 같은 느낌이었지만 상투적이지 않았다. 망설이다 제주도에 오게 된 과정을 자세히 말했다. 지루할 법도 한데 고개를 끄덕이며 공감하듯 끝까지 이야기를 들어 주었다. 센터장이라고 했다. 그분은 말이 거의 없고 듣기만 했는데, 평온함과 위로가 되고 있다. 내가 말하고 답도 내 말에 있다. 낯선 사람에게 어떻게 내 속을 다 드러내 보였을까? 감정에 복받쳐 울컥할 것 같지만 차마 눈물을 보일 수는 없었다. 이야기를 들어준다는 것만도 위로가 된다는 것을 알았다.

"고맙습니다. 선생님! 평화센터는 어디서 운영합니까?"
"예! 독립된 재단법인입니다. 저는 가톨릭 신부구요."
"아!…."
"생명과 평화의 가치를 실현하기 위해 만들어졌습니다."
생명이라는 말에 말문이 막힌다. 한참 침묵이 흐른다. 어색할 것 같은 분위기였지만 전혀 어색하지 않다.

얼마나 시간이 흘렀을까? 망설이다 가방을 뒤척여 상현이 교복을 꺼냈다. '서상현'이라는 명찰이 너무도 선명하다.
"신부님! 우리 아이 교복을 맡겨놓으면 안 될까요?"
"…."
"아이 아빠에 대한 미움이 사라지고…. 제게 평화가 오면 찾아갈게요."
교복을 태우고 아이와 이별하려고 했는데 보내지 못하고 있다. 아이의 평온한 안식을 바라는 마음도 있었다. 차디찬 납골당보다 이곳이 훨씬 따뜻할 것 같다. 외롭지 않을 것 같았다.
"예! 평화를 빕니다."

공손히 인사하고 나오는데, 하얀 수염 할아버지가 센터로 들어오고 있었다. 날아가는 푸른 새들의 함성이 들리는 듯이 하늘은 높고 우아하게 빛이 났다. 이제 내 시야에서 세 개의 섬들이 완전히 사라지는 것을 느끼자 나는 그제야 이 구도의 길이 끝났음을 직감했다.

보고 싶은 나의 아이야! 부디 엄마를 용서해 주렴. 이제 엄마 밥 먹고 잠도 자고 웃어도 될까, 상현아? 아들! 엄마 이제 다시 걸을게. 다시 보자! 그렇게 나는 기나긴 터널을 빠져나왔다. 태풍이 지나 서쪽으로 돌아가고 있다.